AF383921

ÉPITRE

A

L'ABBÉ DE MONTGAILLARD.

D'UNE époque célèbre, annaliste fidèle,
Tu pris en écrivant Tacite pour modèle ;
Publiciste profond, patriote éclairé,
Par la vertu même inspiré,
Ni flatteur du pouvoir, ni flatteur populaire,
Tu veux pour tous des lois l'égide tutélaire.

Dans leurs vœux les plus chers, plains les Français trompés,
En butte à mille maux, de mille coups frappés ;
Les uns bravant la mort par un dédain superbe
Et d'autres par faiblesse et par légèreté ;
De plus d'une riche cité
Les murs ensevelis sous l'herbe.

Flétris la bassesse et l'orgueil ;
Exhume la cendre abhorrée
Des plus lâches bourreaux descendus au cercueil.
La poussière de l'homme est sans doute sacrée ;

Mais le brigand, mais l'oppresseur,
Sous le marbre endormis rachètent-ils leurs crimes?
Le sang d'innombrables victimes,
Appelle trop l'arrêt vengeur.

L'historien, dit-on, doit écrire avec calme.
Eh ! qui donc de l'histoire a su cueillir la palme ?
C'est Tacite indigné, déroulant sous nos yeux
De l'âme des tyrans les replis ténébreux.

De la vertu modeste exalte l'héroïsme ;
Mais perce de traits acérés
Ces singes du patriotisme,
N'employant des noms adorés
Que pour mieux déguiser leur soif de despotisme.

L'un proconsul farouche ; ô sainte liberté !
Immolait chaque jour aux pieds de ta statue
Les pâles habitans d'une ville abattue
Sous le joug le plus détesté.

Pourtant, (mais à qui l'apprendrai-je ?)
Cet homme sans pitié, le dernier des mortels,
Qui, de l'ombre des autels,
Prêtre apostat et sacrilége,
Passa dans le parti de novateurs cruels,
Vint plus tard, en rampant, baiser la main d'un maître,
Envers lui fut ingrat et traître,

Et servit les Bourbons, eux qu'il avait proscrits,
	Voués à l'opprobre, au mépris.

Mânes de Louis Seize, ô mânes vénérables,
Que vous dûtes frémir, quand ces mains exécrables
Qui changèrent Toulon en de tristes débris
Et livrèrent au feu jusqu'aux pieux abris
	Où l'on recueille la souffrance,
Dirigèrent encor le vaisseau de l'État!
Il fut, dit-on, habile: Ah! plutôt l'ignorance
Que le talent qui jette un si funeste éclat.

L'autre, vil égoïste, à mille lois injustes
	Constamment imprima son nom;
Constamment revêtu de fonctions augustes,
	Il bravera l'opinion.
	Esclave de ce vice infâme
Qui d'un pur sentiment éteint la douce flamme,
Dans de honteux plaisirs le barbare est plongé.
Quel cercle de flatteurs autour de lui rangé!
Et, quand la mort viendra frapper ce Sybarite,
	Ce républicain hypocrite,
A ses restes impurs on rendra des honneurs!

	Que d'éloges empoisonneurs
On ait, de son vivant, rassasié l'idole,
Je le conçois; mais, lorsqu'abandonnant son rôle,

Le coupable puissant n'est plus,
Quelle sanglante injure à la raison publique,
Que le menteur panégyrique
Du plus vil favori de l'aveugle Plutus ! . . .

Ainsi donc le méchant tout couvert d'infamies,
Même après le trépas trouve des voix amies,
Sait encore inspirer des chants adulateurs !
Ah ! trop souvent, celui qui va sécher les pleurs
Que répand en secret l'infortune timide,
N'a point cet appareil splendide,
Lorsque dans la tombe il descend ;
Mais il laisse un nom pur, honorable, innocent,
On baise avec respect son marbre funéraire,
Et d'un pied dédaigneux on foule la poussière
De l'ennemi du genre humain.

Poursuis, éloquent écrivain,
Le cours de tes portraits. A leur âpre énergie,
On sent que des vertus la divine effigie
Etait présente à tes regards.

Peins les Français, rangés sous divers étendarts,
De leurs cruelles mains déchirant leurs entrailles,
Le char de mort roulant au sein de nos murailles ;
Les proscripteurs tombant, l'un par l'autre égorgés.

Vous, parmi les méchans par faiblesse engagés,

Que je vous plains ! lancés dans la fatale arène,
A la voix des meneurs, à leur voix de syrène,
Vous connûtes le mal, dociles instrumens;
Mais votre conscience eut du moins des tourmens;
Vos pleurs ont expié vos erreurs déplorables.
C'est vous, hommes affreux, vous, cœurs inexorables,
Qui froidement tramiez de sinistres complots,
Par qui le plus pur sang ruisselait à grands flots;
Vous, rhéteurs impudens, de couleurs sophistiques
         Parant le mensonge effronté,
         Et donnant à des lois iniques
         L'apparence de l'équité;
C'est vous, dis-je, vous seuls, honte de la patrie,
Dont l'horrible mémoire est à jamais flétrie.

         Effrayante immobilité !
     Quoi ! chacun tremble et se résigne?
Et tout se tait devant d'insolens plébéiens ?
         D'où vient cette faiblesse insigne ?
O, Français malheureux, ô mes concitoyens !
C'est que, d'une profonde et longue léthargie,
Vous tombâtes enfin dans les transports brûlans,
Dans les convulsions de la démagogie;
         C'est que, légers et turbulens,
Vous connûtes bien peu ce courage tranquille

Qui ne redoute point un injuste pouvoir,
Qui n'obéit qu'aux lois, ne voit que le devoir,
Contre qui des tyrans la fureur inutile
    Vient se briser en frémissant.

Quel spectacle à jamais sublime, intéressant!
La Chalotais, frappé de maux inénarrables,
Dans le fond d'un cachot indignement jeté,
    Trace ces lignes admirables
Qui sauront retentir dans la postérité.

Français, de vos malheurs la cause est trop connue;
    Peuple brillant, ingénieux,
On vous abrutissait pour vous asservir mieux.
    Sans morale, sans retenue,
Le pouvoir vous plongeait dans un sommeil fatal.
Aux misères du peuple on était insensible.
On comprimait dans lui ce principe vital,
Les civiques vertus, la flamme inextinguible
Et du patriotisme et de la liberté.

Dans ces jours de scandale et de servilité,
On vit pourtant, on vit de mâles caractères:
Salut, vrais magistrats, salut juges austères,
    Vous, l'honneur de l'humanité.
Console, ô L'Hopital! la patrie éplorée;
De Thémis, dans tes mains, la balance sacrée

Au gré des passions ne sut jamais fléchir;
Tu plaidas en faveur de prétendus sectaires
Torturés lentement, condamnés à périr,
    Pour des dogmes, pour des mystères.

Poursuis, ô Montgaillard ! armé d'un fouet vengeur,
De ces chefs, de ces grands la honteuse rapine,
    Lors qu'un mal secret et rongeur
Consumait tout l'état et hâtait sa ruine.
D'avides courtisans, des femmes sans pudeur,
Assiégeaient le monarque, ardens à le séduire ;
Par leurs lâches conseils il se laissait conduire,
Et n'imprimait à rien le sceau de la grandeur.
Aux plus pures vertus on prodiguait l'insulte ;
Du véritable honneur tous désertaient le culte.
Un prêtre fanatique, en parlant à son roi,
Appelait la vengeance au secours de la Foi ;
D'hypocrites prélats persécutaient un sage
Qui de la vérité parlait seul le langage.

Tout languit, est frappé d'inertie et de mort.
Pour se régénérer, un faible et vain effort,
On le traite de crime et de révolte ouverte :
De notre gloire en deuil tout présage la perte ;
Des ministres tarés esclaves de Plutus,
Des satrapes altiers sans talens, sans vertus ;
Un Richelieu, l'objet du mépris le plus juste.
Présentant sans rougir, dans un asile auguste,

Une prostituée, une vile Phryné,
Et le lit nuptial par elle profané,
Tout est abaissement, tout est honte et dommage.

On voit de loin en loin une imparfaite image
Du pouvoir souverain ; de simples magistrats
Prétendent remplacer nos antiques états.

Mais le peuple s'instruit ; une vive lumière
Jaillit de toutes parts ; la France est la première
Où l'on rend aux humains leurs titres égarés.
Jean-Jacque et Montesquieu, noms chéris, noms sacrés,
Soyez dans tous les cœurs gravés en traits de flamme.
De l'innocent Calas flétris le juge infâme,
Voltaire, homme prodige, esprit universel.
Et toi, de l'Italie, ornement immortel,
Brise les instrumens d'une lente torture,
Venge l'humanité, la raison, la nature ;
Que ton livre divin, médité mille fois,
Serve à jamais de code aux peuples comme aux rois.

Louis Seize enfin règne ; avec lui quelque gloire
Renaît ; qui peut jamais effacer la mémoire
Des vertus, des bienfaits de ce nouveau Titus ?
Par lui que d'indigens et nourris et vêtus !
Que d'abus supprimés, de réformes prospères !
Nul n'est inquiété pour la foi de ses pères ;

De sages règlemens, des soins multipliés
Font fleurir tout l'état, alors qu'humiliés
Les Anglais contemplaient avec un œil d'envie
La marine française à leur sceptre ravie.

On le convoque enfin, cet imposant sénat
Qui devait resplendir du plus durable éclat.
Là, sont tous les talens, toutes les renommées,
Et d'un civisme pur des ames animées;
Là, brille Mirabeau, cet aigle audacieux
Qui de son vol sublime étonna tous les yeux,
Thouret, Bailly, Rabaut, et tant d'autres encore
Qui de la liberté saluèrent l'aurore.

Un vaste ébranlement à tout est imprimé;
Le monarque est moins craint, il en est plus aimé.
Ce n'est plus, grâce aux jours de la philosophie,
Une fausse grandeur que l'homme déifie.
De celui qui disait: c'est moi qui suis l'Etat,
A disparu la gloire, et s'est éteint l'éclat.
Son despotisme altier, et le trop long scandale
Donné par un Louis, nouveau Sardanapale,
Indignèrent les cœurs. On demande des lois;
Organe de nos vœux, tutrice de nos droits,
L'assemblée a rompu de honteuses entraves;
Mais trop long-temps valets, trop long-temps vils esclaves,

Les Français sauront-ils goûter la liberté ?
Ce bien si précieux est par trop acheté
Par le sang des humains, même au prix de leurs larmes;
Contre elle c'est tourner de parricides armes,
Que d'attenter aux jours du moindre citoyen ;
Il n'est pour l'affermir, il n'est-qu'un seul moyen,
D'être juste ; et le cours de nos longues querelles
Est plein d'atrocités, d'injustices cruelles !....

Monstres vomis par les enfers,
Arrêtez, respectez la vieillesse et l'enfance !
Tous ces malheureux dans les fers,
Vous les égorgez sans défense !

On a dit qu'en armant ces homicides bras,
On voulait effrayer les hordes étrangères;
C'est assigner aux faits des causes mensongères.
Eh quoi! ces lâches scélérats,
De sicaires gagés cette faible poignée
Pouvaient en imposer à l'Europe indignée !
Dans les jours du péril se sont-ils donc montrés?
Comptaient-ils dans les rangs de guerriers invincibles?
Alors dans leur repaire ils étaient tous rentrés.
Les vrais braves eux seuls, à la pitié sensibles,
N'avaient point d'autres aiguillons
Que le devoir, l'amour de la patrie.
Un sentiment sacré guidait nos bataillons.

L'honneur, l'humanité, le plus brillant courage
S'étaient refugiés sous les drapeaux français,
Tandis que des brigands, pleins d'une affreuse rage,
Marchaient de forfaits en forfaits.

Narrateur éloquent de ces sanglantes scènes,
Dis aussi d'un parti les menaces hautaines;
D'orgueilleux courtisans d'illusions bercés,
Les funestes conseils, les vœux intéressés.
Nul motif généreux et pur ne les anime;
Ils montrent à Louis faible et pusillanime
Un précipice ouvert sous ses pieds chancelans;
Tantôt humbles, craintifs, tantôt fiers, insolens,
Ils caressent le peuple ou l'accablent d'outrages.
Sauront-ils donc plus tard conjurer les orages?
Briseront-ils les fers de l'auguste martyr?
Leur voix pour le sauver, va-t-elle retentir?
Chez l'étranger, charmé de nos troubles funestes,
De leur grandeur passée ils porteront les restes,
Étaleront aux yeux des peuples étonnés
Leurs futiles penchans, leurs goûts désordonnés.

Enfin, pour ces proscrits un ciel plus doux se lève;
Avec combien de maux leur triomphe s'achève!
N'abuseront-ils point de biens inespérés?
Oublieront-ils les torts? seront-ils modérés?

Ah ! je les vois en proie à des haines farouches,
Des menaces de mort s'échappent de leur bouche.

Vous, cruels conseillers de mille assassinats,
Alors que le malheur s'attachait à vos pas,
Vous parliez de pitié, de morale publique ;
A les fouler aux pieds votre rage s'applique !

Un de vous, à son fils, sur des bords étrangers, .
Envoyait des secours, malgré mille dangers ;
On l'arrête, on lui cite une loi solennelle :
Par qui son action n'est plus que criminelle ;
Une autre loi, dit-il, bien plus forte à mes yeux,
Prescrit de soulager ses enfans malheureux.

Pourquoi, lorsque le ciel termina vos misères,
Dictâtes-vous aussi des arrêts sanguinaires ?
Quand pour les protestans, courageux député,
D'Argenson invoquait la sainte humanité,
Vous étouffiez sa voix sous mille cris sinistres,
Et de noirs attentats excusiez les Ministres.

Long-tems avant ces jours qu'aucun n'eût pu prévoir,
Un soldat sur le trône avait osé s'asseoir.
Jeune encor, couronné des mains de la victoire,
Amant passionné de tout genre de gloire,
Dès les premiers débuts de ses nobles travaux,
Il laisse loin de lui cent illustres rivaux.

Vaste et profond génie, homme étonnant sans doute,
Qui du suprême rang sut se frayer la route.
Mais a-t-il rétabli nos franchises antiques ?
Ne s'est-il point permis de crimes politiques ?
Ah ! du sang de d'Enghien je le vois tout fumant,
De ce jeune d'Enghien, de ce héros charmant.
D'adulateurs nombreux sans cesse il s'environne,
D'un prince en cheveux blancs il ravit la couronne ;
Que d'institutions il avait à fonder !
Quels germes de bien-être il pouvait féconder !
Les haines, les fureurs semblaient s'être amorties ;
Mais on manquait de lois, de fermes garanties ;
La presse était esclave, et le naissant jury
Aux excès du pouvoir n'offrait aucun abri.
Privé d'indépendance il n'est plus tutélaire,
Et souvent des partis peut servir la colère.

Tel est le grand tableau qui, déroulé par toi,
Tantôt charme notre âme ou la glace d'effroi.
Là, les forfaits, la honte et mille flétrissures ;
Ici l'iniquité, les vertus les plus pures.
Gardons des biens conquis au prix de tant de sang ;
Et, comme nation, placés au premier rang,
N'en descendons jamais ; conquérans plus paisibles,
Plus constans dans nos vœux, plus humains, plus sensibles,
Réparons les revers qui nous ont abattus ;

Du courage civil, première des vertus,
Soyons tous le modèle ; un pacte utile et sage
Nous reste ; du malheur le long apprentissage
Doit nous rendre prudens et fermes à la fois ;
Si quelques insensés voulaient saper nos lois,
S'ils osaient préluder par la fourbe ou l'outrage
Au massacre du peuple, alors soyons tout prêts,
Défendons en faisceau nos plus chers intérêts.

ÉPITRE

A

MIRABEAU.

Démosthènes moderne, alors ô Mirabeau!
Que du patriotisme allumant le flambeau,
Tu nous embrasais tous de ses plus vives flammes;
Quand tes nobles discours électrisaient nos ames,
Qui l'eût dit que bientôt les derniers des mortels,
D'une main sacrilége abattraient tes autels?
L'outrage est dédaigné par ton ombre sacrée;
Mais s'il ne peut l'atteindre, ah! la France éplorée,
Veuve de tes vertus, de tes mâles talents,
Se doit de te venger d'ennemis insolens.

Tous se sont affranchis d'une longue tutèle;
A son gothique char le despotisme attèle
Quelques adorateurs vieillis dans le mépris,
Qui n'ont rien oublié, comme ils n'ont rien appris.
On cesse d'encenser l'orgueil du diadême:
Loin, mots ambitieux de puissance suprême;

De pouvoir absolu de Dieu seul émané,
Qu'en voulant rendre saint, on n'a que profané.

Cette liberté chère à peine est-elle née,
Que de périls sans nombre elle est environnée ;
De toutes parts contre elle on ourdit des complots,
On veut que, sous son nom, le sang coule à grands flots,
On lui veut immoler des victimes humaines :
Viens, fort de l'ascendant de tes vertus romaines,
Mirabeau ! que la foule attentive à ta voix,
Courbe un docile front sous l'heureux joug des lois.

Le voilà donc ce code, ouvrage impérissable ;
Le sens n'en saurait être obscur, insaisissable ;
Expression des vœux de la société ;
Il nous frappe d'abord par sa simplicité.

L'état doit de chacun respecter la fortune,
Religieux dépôt, mais sous la foi commune :
Mais la nécessité !... prétexte trop banal !
Que l'honneur soit toujours notre unique fanal.

Du moindre citoyen l'asile domestique
Doit être inviolable ; ainsi dans Rome antique,
On sommeillait en paix sous le toît paternel :
Étiez-vous accusé ? dans un lieu solennel,
Vous paraissiez, suivi des flots d'un peuple immense,
On ne vous parlait point d'une absurde tendance,

Jamais de vos discours, du haut d'un tribunal,
On ne tordait le sens par un art infernal ;
Vous répondiez sans crainte ; et les juges à Rome,
Pour ses opinions ne condamnaient point l'homme.

Quoi ! des bras d'une épouse, on ose m'arracher !
Entre de vils licteurs, on m'oblige à marcher !
Nul ne vient recueillir mes larmes solitaires,
Je n'ai de mes soupirs aucuns dépositaires ;
Et la religion qu'invoque l'homme en deuil,
Des cachots ténébreux ne peut franchir le seuil !

Aujourd'hui, Mirabeau ! plus d'un triste pygmée,
Cherchant à rabaisser ta haute renommée,
Aux institutions dont tu fus créateur
Oppose un code atroce et surtout corrupteur.
Quel sens insidieux ! quelle perfide adresse !
A la simplicité quels pièges l'on y dresse !
Le mortel le plus pur s'y trouve enveloppé :
D'un invisible bras vous vous sentez frappé.
Au temple de Thémis que souille sa présence,
Un lâche délateur court traîner l'innocence.
C'en est fait, que pourraient quelques cœurs indignés ?
Les autres sous le joug sont muets, résignés.

Vous, mânes d'un grand homme, ô mânes vénérables,
Vous devez en frémir ; des hommes exécrables,

Sous le malheur commun paraissant abattus,
Feignent de regretter les publiques vertus,
D'élever jusqu'au ciel la gloire plébéienne
Et de plaindre nos preux, noblesse citoyenne.
Tel, pour mieux réussir, infâme suborneur,
Fait rayonner sur lui l'étoile de l'honneur.

Apparais, comme aux jours où forçant notre hommage,
De l'hercule gaulois tu nous offrais l'image ;
Où ta rare éloquence, en son brillant essor,
Nous tenait attachés par mille chaînes d'or.
Maintenant tu n'es plus qu'une froide poussière,
Mêlée aux élémens, à leur masse grossière.
Que ne peux-tu renaître ? et dans ce même lieu,
Où l'œil étincelant tu semblais presque un dieu,
T'écrier ; qu'as-tu fait de ta gloire première,
Toi de qui jaillissaient des torrens de lumière,
O France ! ton éclat s'est enfin effacé ;
Sans honneur à tes pieds gît ton sceptre abaissé.

Plus d'un adulateur, honteuse idolâtrie,
Proclame nos tyrans pères de la patrie,
Et la délation, fière d'un vil métier,
Reçoit le prix du sang, avec un front altier.

On veut associer par des nœuds adultères,
Les intérêts humains aux plus sacrés mystères :

(21)

De la religion les prétendus vengeurs,
Qui sont-ils? des bourreaux, d'atroces égorgeurs.

Faut-il que, lorsqu'un peuple et plus calme et plus sage
Des révolutions a fait l'apprentissage,
Que pilote prudent il connaît chaque écueil,
Le despotisme affreux, du fond de son cercueil,
Surgisse, et loin du port, au milieu des orages,
Nous lance sur des mers fécondes en naufrages?

On fit les premiers jours de timidés essais ;
Plus hardi, l'on marcha de succès en succès.

Du despotisme on peut suivre la marche lente;
Il ne lève que tard une tête insolente :
D'abord faible, il se glisse à replis tortueux,
Il éloigne de lui les mortels vertueux,
Il divise, il corrompt; bientôt plus téméraire,
Il foule aux pieds les lois; et dans leur sanctuaire,
Il s'asseoit entouré d'avides proscripteurs;
Alors plane sur tous la hache des licteurs.

O lugubre silence ! esclave obéissant,
Chacun craint qu'on n'ait lu sur son front pâlissant
Qu'il porte une âme libre et couve dans son sein,
Nouvel Harmodius, un généreux dessein.

Quelques tribuns du moins à cette ignominie
S'opposent en luttant contre la tyrannie.

2*

Nouveau Cincinnatus, l'un cultive ses champs;
De bonne heure il montra d'héroïques penchants :
Au cri de liberté son âme électrisée
La jugea pour l'Europe une conquête aisée.
Terre de Washington, dès ses plus jeunes ans
Tu le vis se mêler parmi tes combattans.

L'autre de l'éloquence étale les miracles
Et fait de la sagesse entendre les oracles.
Déjà la pâle mort lève sa faulx sur lui,
Nos pleurs sont vains, déjà son dernier jour a lui.
O Camille Jordan! ô mortel adorable!
Tu n'es plus! quel espoir demeure au misérable ?
Qui soutiendra le faible, et du sang innocent
Ira demander compte au coupable puissant?

De ce grand citoyen, ô toi l'ami fidèle,
Toi l'ami le plus cher, quand l'offrant pour modèle,
Dans le champ du repos ton organe inspiré
Lui payait un tribut douloureux et sacré,
Que tu vis d'orphelins, de veuves et de mères
Associer leur deuil à tes larmes amères !

O brillant Chauvelin! J'aime tes mots heureux,
Ton esprit à la fois flexible et vigoureux.

Au nom des lois, au nom de la philantropie,
Bignon ! livre à l'opprobre une alliance impie.

Toi qui dès ton début te montras orateur,
Pourrons-nous de ton vol mesurer la hauteur ?
Sur d'arides détails quel magique langage !
Chaque jour mon pays reçoit un nouveau gage
De ton amour pour lui, de ta fidélité ;
Et ton nom appartient à la postérité.

Publiciste profond, émeus, convaincs, entraîne ;
Qu'avec sagacité ta raison souveraine
Qui de l'expérience acquit les leus trésors,
Marque par quels dégrés, par quels secrets ressorts
L'olygarchie altière auprès du trône assise
S'élève, usurpe enfin la puissance indécise.

De La Borde ! au malheur prête un constant support ;
Par toi du repentir que l'on ouvre le port,
A ces mortels plongés dans de sombres demeures
Et dont le désespoir marque toutes les heures :
Digne émule d'Howard, par la pitié conduit,
Pénètre, ange du ciel, dans leur affreux réduit.

Victime du pouvoir, toi dans qui l'on révère
D'un second l'Hôpital l'éloquence sévère,
De la magistrature abdique les honneurs ;
Repousse avec orgueil des présens suborneurs.

Et toi dont chaque mot sort du fond des entrailles,
Quand de nos libertés tu vois les funérailles,
Par un dernier effort fouillant dans leur tombeau,
Tente d'en arracher quelque faible lambeau.

Sur la chaise curule, aux accens de la rage
Oppose un calme auguste, un tranquille courage,
Manuel ! à la force il te faut bien céder ;
Mais que l'on t'éleva, croyant te dégrader !
La majesté du peuple en toi parut revivre ,
Et tu laissas au monde un grand exemple à suivre.

De l'art de la parole effet prodigieux !
Avec un saint respect, un soin religieux ,
Tous de Royer-Collard recueillent la pensée,
Elle va réchauffer l'ame la plus glacée.
De ses mâles discours j'aime la profondeur,
Il ne sait point ramper aux pieds de la grandeur,
Il parle en citoyen comme en sujet sincère
Et de l'olygarchie est l'ardent adversaire.

Dans un nuage épais le crime s'est caché ;
Que par toi, d'Argenson ! il en soit arraché.

D'un pacte tutélaire actives sentinelles,
Vous qui le disputez à des mains criminelles ;
Périer ! qui fais pâlir de modernes Verrès ;
Toi, vertueux·Vieillard, toi si cher à Cérès,

Tronchon ! qui toujours pur et semblable à toi-même,
Hors du sénat reprends le soc de Triptolême ;
Vénérable Frainville, et toi qui de Plutus
As consacré les dons au culte des vertus ;
Elève de Rousseau, protecteur de sa cendre,
Qui jusqu'à l'ironie avec art sais descendre,
Et d'un trait acéré, rapide, inaperçu,
D'argumens captieux romps le frêle tissu ;
Etienne qui tantôt sèmes le sel attique
Et tantôt es nerveux, élevé, pathétique ;
Toi, Sébastiani qu'on cite avec orgueil
Après ce Foy dont tous gardent encor le deuil,
Non moins bon orateur que diplomate illustre
Et dont le front guerrier brille d'un triple lustre ;
Kœchlin qui poursuivis de cris accusateurs
D'un stratagême affreux les lâches inventeurs ;

Vous tous nobles appuis qui nous restez encore,
De civiques lauriers la France vous décore,
Vos efforts impuissants ne nous sont pas moins chers
Et vous tentez du moins de relâcher nos fers.

Mirabeau ! quand tonnait ta bouche prophétique ;
Le regard imposant, quand d'une chaîne antique
Tu foulais à tes pieds tous les anneaux épars ;
Quand le règne du bien naissait de toutes parts,

Déjà les factions, dans leur froide démence,
Voulaient de ta parole étouffer la semence.

Hélas! dans le cercueil tu descendis à temps;
Le ciel trancha le fil de tes jours éclatans,
Lorsque tout rayonnait d'espérance et de joie :
Maintenant quel tableau sous les yeux se déploie!
On fait des malheureux un commerce effronté,
Nul asile n'est sûr, nul lien respecté;
L'Europe est la Tauride, est cette horrible plage
Où sans distinction ni de sexe ni d'âge,
Un pontife abattait, sous les couteaux mortels,
Tous ceux qui de ses dieux embrassaient les autels.

J'ai dit : ô Mirabeau! pardonne à ma faiblesse ;
De ton génie heureux que n'ai-je la noblesse !
Je parlerais du coup dont nous fûmes frappés ,
Quand quelques preux à peine au carnage échappés
Contemplèrent l'œil morne, éteint, l'âme flétrie,
Les obsèques des lois, celles de la patrie.

Je dirais que rebelle aux ordres du pouvoir,
Un soldat-citoyen remplit un saint devoir,
En ne voulant jamais mettre une main hardie
Sur un élu du peuple; et partout applaudie,
Sa conduite sublime a saisi de stupeur
Ce parti menaçant qui règne par la peur.

D'une caste hypocrite autant que factieuse,
Je suivrais pas-à-pas la marche ambitieuse.

J'adresserais un hymne à ces infortunés,
Jeunes, charmans, ensemble à l'échafaud traînés.

Je peindrais dans le deuil, de tous abandonnée,
Sur l'urne de Berton ma patrie inclinée.

Je montrerais un prêtre, apôtre des bourreaux,
S'avançant pour troubler les cendres d'un héros;
De ses derniers momens burinés par l'histoire,
Cherchant à lui ravir la trop funeste gloire;
Et ministre d'un dieu, choisi par l'éternel
Pour vouer au malheur un culte solennel,
S'écrier: ce Berton, oui je l'ai vu moi-même,
Un instant a pâli près de l'heure suprême.

C'est trop long-temps gémir sous un sceptre exécré:
Dans presque tous les cœurs s'éteint le feu sacré :
Qu'il renaisse plus pur; tombent le fanatisme,
Les superstitions, ce honteux despotisme.
Veuf du magique éclat qui l'avait ennobli,
Où les droits les plus chers sont tous mis en oubli.

FIN.

IMPRIMERIE EBERHART,
Rue du Foin S.-Jacq., n. 15.